Anatole France

L'affaire Crainquebille

CHAPITRE PREMIER
De la Majesté des Lois

La majesté de la justice réside tout entière dans chaque sentence rendue par le juge au nom du peuple souverain. Jérôme Crainquebille, marchand ambulant, connut combien la loi est auguste, quand il fut traduit en police correctionnelle pour outrage à un agent de la force publique. Ayant pris place, dans la salle magnifique et sombre, sur le banc des accusés, il vit les juges, les greffiers, les avocats en robe, l'huissier portant la chaîne, les gendarmes et, derrière une cloison, les têtes nues des spectateurs silencieux. Et il se vit lui-même assis sur un siège élevé, comme si, de paraître devant des magistrats, l'accusé lui-même en recevait un funeste honneur. Au fond de la salle, entre les deux assesseurs, M. le président Bourriche siégeait. Les palmes d'officier d'académie étaient attachées sur sa poitrine. Un buste de la République et un Christ en croix surmontaient le prétoire, en sorte que toutes les lois divines et humaines étaient suspendues sur la tête de Crainquebille. Il en conçut une juste terreur. N'ayant point l'esprit philosophique, il ne se demanda pas ce que voulaient dire ce buste et ce crucifix et il ne rechercha pas si Jésus et Marianne, au Palais, s'accordaient ensemble. C'était pourtant matière à réflexion, car enfin la doctrine pontificale et le droit canon sont opposés, sur bien des points, à la Constitution de la République et au Code civil. Les Décrétales n'ont point été abolies, qu'on sache. L'Église du Christ enseigne comme autrefois que seuls sont légitimes les pouvoirs auxquels elle a donné l'investiture. Or la République française prétend encore ne pas relever de la puissance pontificale. Crainquebille pouvait dire avec quelque raison :

– Messieurs les juges, le Président Loubet n'étant pas oint, ce Christ, pendu sur vos têtes, vous récuse par l'organe des Conciles et des Papes. Ou il est ici pour vous rappeler les droits de l'Église, qui infirment les vôtres, ou sa présence n'a aucune signification raisonnable.

À quoi le président Bourriche aurait peut-être répondu :

– Inculpé Crainquebille, les rois de France ont toujours été brouillés avec le Pape. Guillaume de Nogaret fut excommunié et ne se démit pas de ses charges pour si peu. Le Christ du prétoire n'est pas le Christ de Grégoire VII

1

et de Boniface VIII. C'est, si vous voulez, le Christ de l'Évangile, qui ne savait pas un mot de droit canon et n'avait jamais entendu parler des sacrées Décrétales.

Alors il était loisible à Crainquebille de répondre :

– Le Christ de l'Évangile était un bousingot. De plus, il subit une condamnation que, depuis dix-neuf cents ans, tous les peuples chrétiens considèrent comme une grave erreur judiciaire. Je vous défie bien, monsieur le président, de me condamner, en son nom, seulement à quarante-huit heures de prison.

Mais Crainquebille ne se livrait à aucune considération historique, politique ou sociale. Il demeurait dans l'étonnement. L'appareil dont il était environné lui faisait concevoir une haute idée de la justice. Pénétré de respect, submergé d'épouvante, il était prêt à s'en rapporter aux juges sur sa propre culpabilité. Dans sa conscience, il ne se croyait pas criminel ; mais il sentait combien c'est peu que la conscience d'un marchand de légumes devant les symboles de la loi et les ministres de la vindicte sociale. Déjà son avocat l'avait à demi persuadé qu'il n'était pas innocent.

Une instruction sommaire et rapide avait relevé les charges qui pesaient sur lui.

CHAPITRE II
L'Aventure de Crainquebille

JÉRÔME Crainquebille, marchand des quatre-saisons, allait par la ville, poussant sa petite voiture et criant : *Des choux, des carottes, des navets !* Et, quand il avait des poireaux, il criait : *Bottes d'asperges !* parce que les poireaux sont les asperges du pauvre. Or, le 20 octobre, à l'heure de midi, comme il descendait la rue Montmartre, Mme Bayard, la cordonnière, « À l'Ange gardien », sortit de sa boutique et s'approcha de la voiture légumière. Soulevant dédaigneusement une botte de poireaux :

– Ils ne sont guère beaux, vos poireaux. Combien la botte ?

– Quinze sous, la bourgeoise. Y a pas meilleur.

– Quinze sous, trois mauvais poireaux ?

Et elle rejeta la botte dans la charrette, avec un geste de dégoût.

C'est alors que l'agent 64 survint et dit à Crainquebille :

– Circulez !

Crainquebille, depuis cinquante ans, circulait du matin au soir. Un tel ordre lui sembla légitime et conforme à la nature des choses. Tout disposé à y obéir, il pressa la bourgeoise de prendre ce qui était à sa convenance.

– Faut encore que je choisisse la marchandise, répondit aigrement la cordonnière.

Et elle tâta de nouveau toutes les bottes de poireaux, puis elle garda celle qui lui parut la plus belle et elle la tint contre son sein comme les saintes, dans les tableaux d'église, pressent sur leur poitrine la palme triomphale.

– Je vas vous donner quatorze sous. C'est bien assez. Et encore il faut que j'aille les chercher dans la boutique, parce que je ne les ai pas sur moi.

Et, tenant ses poireaux embrassés, elle rentra dans la cordonnerie où une cliente, portant un enfant, l'avait précédée.

À ce moment l'agent 64 dit pour la deuxième fois à Crainquebille :

– Circulez !

– J'attends mon argent, répondit Crainquebille.

– Je ne vous dis pas d'attendre votre argent ; je vous dis de circuler, reprit l'agent avec fermeté.

Cependant la cordonnière, dans sa boutique, essayait des souliers bleus à un enfant de dix-huit mois dont la mère était pressée. Et les têtes vertes des poireaux reposaient sur le comptoir.

Depuis un demi-siècle qu'il poussait sa voiture dans les rues, Crainquebille avait appris à obéir aux représentants de l'autorité. Mais il se trouvait cette fois dans une situation particulière, entre un devoir et un droit. Il n'avait pas l'esprit juridique. Il ne comprit pas que la jouissance d'un droit individuel ne le dispensait pas d'accomplir un devoir social. Il considéra trop son droit, qui était de recevoir quatorze sous, et il ne s'attacha pas assez à son devoir, qui était de pousser sa voiture et d'aller plus avant et toujours plus avant. Il demeura.

Pour la troisième fois, l'agent 64, tranquille et sans colère, lui donna l'ordre de circuler. Contrairement à la coutume du brigadier Montauciel, qui menace sans cesse et ne sévit jamais, l'agent 64 est sobre d'avertissements et prompt à verbaliser. Tel est son caractère. Bien qu'un peu sournois, c'est un excellent serviteur et un loyal soldat. Le courage d'un lion et la douceur d'un enfant. Il ne connaît que sa consigne.

– Vous n'entendez donc pas, quand je vous dis de circuler !

Crainquebille avait de rester en place une raison trop considérable à ses yeux pour qu'il ne la crût pas suffisante. Il l'exposa simplement et sans art :

– Nom de nom ! puisque je vous dis que j'attends mon argent.

L'agent 64 se contenta de répondre :

– Voulez-vous que je vous f... une contravention ? Si vous le voulez, vous n'avez qu'à le dire.

En entendant ces paroles, Crainquebille haussa lentement les épaules et coula sur l'agent un regard douloureux qu'il éleva ensuite vers le ciel. Et ce regard disait :

– Que Dieu me voie ! Suis-je un contempteur des lois ? Est-ce que je me ris des décrets et des ordonnances qui régissent mon état ambulatoire ? À cinq heures du matin, j'étais sur le carreau des Halles. Depuis sept heures, je me brûle les mains à mes brancards en criant : *Des choux, des carottes, des navets !* J'ai soixante ans sonnés. Je suis las. Et vous me demandez si je lève le drapeau noir de la révolte. Vous vous moquez et votre raillerie est cruelle.

Soit que l'expression de ce regard lui eût échappé, soit qu'il n'y trouvât pas une excuse à la désobéissance, l'agent demanda d'une voix brève et rude si c'était compris.

Or, en ce moment précis l'embarras des voitures était extrême dans la rue Montmartre. Les fiacres, les haquets, les tapissières, les omnibus, les camions, pressés les uns contre les autres, semblaient indissolublement joints et assemblés. Et sur leur immobilité frémissante s'élevaient des jurons et des cris. Les cochers de fiacre échangeaient de loin, et lentement, avec les garçons bouchers des injures héroïques, et les conducteurs d'omnibus, considérant Crainquebille comme la cause de l'embarras, l'appelaient « sale poireau ».

Cependant, sur le trottoir, des curieux se pressaient, attentifs à la querelle. Et l'agent, se voyant observé, ne songea plus qu'à faire montre de son autorité.

– C'est bon, dit-il.

Et il tira de sa poche un calepin crasseux et un crayon très court.

Crainquebille suivait son idée et obéissait à une force intérieure. D'ailleurs il lui était impossible maintenant d'avancer ou de reculer. La roue de sa charrette était malheureusement prise dans la roue d'une voiture de laitier.

Il s'écria, en s'arrachant les cheveux sous sa casquette :

– Mais, puisque je vous dis que j'attends mon argent ! C'est-il pas malheureux ! Misère de misère ! Bon sang de bon sang !

Par ces propos, qui pourtant exprimaient moins la révolte que le désespoir, l'agent 64 se crut insulté. Et comme, pour lui, toute insulte revêtait nécessairement la forme traditionnelle, régulière, consacrée, rituelle et pour ainsi dire liturgique de « Mort aux vaches ! », c'est sous cette forme que spontanément il recueillit et concréta dans son oreille les paroles du délinquant.

– Ah ! vous avez dit : « Mort aux vaches ! » C'est bon. Suivez-moi.

Crainquebille, dans l'excès de la stupeur et de la détresse, regardait avec ses gros yeux brûlés du soleil l'agent 64, et de sa voix cassée, qui lui sortait tantôt de dessus la tête et tantôt de dessous les talons, s'écriait, les bras croisés sur sa blouse bleue :

– J'ai dit : « Mort aux vaches » ? Moi ?... Oh ! Cette arrestation fut accueillie par les rires des employés de commerce et des petits garçons. Elle contentait le goût que toutes les foules d'hommes éprouvent pour les spectacles ignobles et violents. Mais, s'étant frayé passage à travers le cercle populaire, un vieillard très triste, vêtu de noir et coiffé d'un chapeau de haute forme, s'approcha de l'agent et lui dit très doucement et très fermement, à voix basse :

– Vous vous êtes mépris. Cet homme ne vous a pas insulté.

– Mêlez-vous de ce qui vous regarde, lui répondit l'agent, sans proférer de menaces, car il parlait à un homme proprement mis.

Le vieillard insista avec beaucoup de calme et de ténacité. Et l'agent lui intima l'ordre de s'expliquer chez le Commissaire.

Cependant Crainquebille s'écriait :

– Alors ! que j'ai dit « Mort aux vaches ! » Oh !…

Il prononçait ces paroles étonnées, quand Mme Bayard, la cordonnière, vint à lui, les quatorze sous dans la main. Mais déjà l'agent 64 le tenait au collet, et Mme Bayard, pensant qu'on ne devait rien à un homme conduit au poste, mit les quatorze sous dans la poche de son tablier.

Et voyant tout à coup sa voiture en fourrière, sa liberté perdue, l'abîme sous ses pas et le soleil éteint, Crainquebille murmura :

– Tout de même !…

Devant le Commissaire, le vieillard déclara que, arrêté sur son chemin par un embarras de voitures, il avait été témoin de la scène, qu'il affirmait que l'agent n'avait pas été insulté, et qu'il s'était totalement mépris. Il donna ses noms et qualités : docteur David Matthieu, médecin en chef de l'hôpital Ambroise-Paré, officier de la Légion d'honneur. En d'autres temps, un tel témoignage aurait suffisamment éclairé le Commissaire. Mais alors, en France, les savants étaient suspects.

Crainquebille, dont l'arrestation fut maintenue, passa la nuit au violon et fut transféré, le matin, dans le panier à salade, au dépôt.

La prison ne lui parut ni douloureuse, ni humiliante. Elle lui parut nécessaire. Ce qui le frappa en y entrant, ce fut la propreté des murs et du carrelage. Il dit :

– Pour un endroit propre, c'est un endroit propre. Vrai de vrai ! On mangerait par terre.

Laissé seul, il voulut tirer son escabeau ; mais il s'aperçut qu'il était scellé au mur.

Il en exprima tout haut sa surprise :

– Quelle drôle d'idée ! Voilà une chose que j'aurais pas inventée, pour sûr.

S'étant assis, il tourna ses pouces et demeura dans l'étonnement. Le silence et la solitude l'accablaient. Il s'ennuyait et il pensait avec inquiétude à sa voiture mise en fourrière encore toute chargée de choux, de carottes, de céleri, de mâche et de pissenlit. Et il se demandait anxieux :

– Où qu'ils m'ont étouffé ma voiture ?

Le troisième jour, il reçut la visite de son avocat, Me Lemerle, un des plus jeunes membres du barreau de Paris, président d'une des sections de la « Ligue de la Patrie française ».

Crainquebille essaya de lui conter son affaire, ce qui ne lui était pas facile, car il n'avait pas l'habitude de la parole. Peut-être s'en serait-il tiré pourtant, avec un peu d'aide. Mais son avocat secouait la tête d'un air méfiant à tout ce qu'il disait, et, feuilletant des papiers, murmurait :

– Hum ! Hum ! je ne vois rien de tout cela au dossier…

Puis, avec un peu de fatigue, il dit en frisant sa moustache blonde :

– Dans votre intérêt il serait peut-être préférable d'avouer. Pour ma part j'estime que votre système de dénégations absolues est d'une insigne maladresse.

Et dès lors Crainquebille eût fait des aveux s'il avait su ce qu'il fallait avouer.

CHAPITRE III
Crainquebille devant la Justice

M. le président Bourriche consacra six minutes pleines à l'interrogatoire de Crainquebille. Cet interrogatoire aurait apporté plus de lumière si l'accusé avait répondu aux questions qui lui étaient posées. Mais Crainquebille n'avait pas l'habitude de la discussion, et dans une telle compagnie le respect et l'effroi lui fermaient la bouche. Aussi gardait-il le silence et le président faisait lui-même les réponses ; elles étaient accablantes. Il conclut :

– Enfin, vous reconnaissez avoir dit : « Mort aux vaches ! »

Alors seulement l'inculpé Crainquebille tira de sa vieille gorge un bruit de ferraille et de carreaux cassés.

– J'ai dit : « Mort aux vaches ! » parce que M. l'agent a dit : « Mort aux vaches ! » Alors j'ai dit « Mort aux vaches ! ».

Il voulait faire entendre qu'étonné par l'imputation la plus imprévue, il avait, dans sa stupeur, répété les paroles étranges qu'on lui prêtait faussement et qu'il n'avait certes point prononcées. Il avait dit : « Mort aux vaches ! » comme il eût dit : « Moi ! tenir des propos injurieux, l'avez-vous pu croire ? »

M. le président Bourriche ne le prit pas ainsi.

– Prétendez-vous, dit-il, que l'agent a proféré ce cri le premier ?

Crainquebille renonça à s'expliquer. C'était trop difficile.

– Vous n'insistez pas. Vous avez raison, dit le président.

Et il fit appeler les témoins.

L'agent 64, de son nom Bastien Matra, jura de dire la vérité et de ne rien dire que la vérité. Puis il déposa en ces termes :

– Étant de service le 20 octobre, à l'heure de midi, je remarquai, dans la rue Montmartre, un individu qui me sembla être un vendeur ambulant et qui tenait sa charrette indûment arrêtée à la hauteur du numéro 328, ce qui occasionnait un encombrement de voitures. Je lui intimai par trois fois l'ordre de circuler, auquel il refusa d'obtempérer. Et sur ce que je l'avertis que j'allais verbaliser, il me répondit en criant : « Mort aux vaches ! », ce qui me sembla être injurieux.

Cette déposition, ferme et mesurée, fut écoutée avec une évidente faveur par le Tribunal. La défense avait cité Mme Bayard, cordonnière, et M. David Matthieu, médecin en chef de l'hôpital Ambroise-Paré, officier de la Légion d'honneur. Mme Bayard n'avait rien vu ni entendu. Le docteur Matthieu se trouvait dans la foule assemblée autour de l'agent qui sommait le marchand de circuler. Sa déposition amena un incident.

– J'ai été témoin de la scène, dit-il. J'ai remarqué que l'agent s'était mépris : il n'avait pas été insulté. Je m'approchai et lui en fis l'observation. L'agent maintint le marchand en état d'arrestation et m'invita à le suivre au commissariat. Ce que je fis. Je réitérai ma déclaration devant le commissaire.

– Vous pouvez vous asseoir, dit le président. Huissier, rappelez le témoin Bastien Matra.

Matra, quand vous avez procédé à l'arrestation de l'accusé, M. le docteur Matthieu ne vous a-t-il pas fait observer que vous vous mépreniez ?

– C'est-à-dire, monsieur le président, qu'il m'a insulté.

– Que vous a-t-il dit ?

– Il m'a dit : « Mort aux vaches ! »

Une rumeur et des rires s'élevèrent dans l'auditoire.

– Vous pouvez vous retirer, dit le président avec précipitation.

Et il avertit le public que si ces manifestations indécentes se reproduisaient, il ferait évacuer la salle. Cependant la défense agitait triomphalement les manches de sa robe, et l'on pensait en ce moment que Crainquebille serait acquitté.

Le calme s'étant rétabli, Me Lemerle se leva. Il commença sa plaidoirie par l'éloge des agents de la Préfecture, « ces modestes serviteurs de la société, qui, moyennant un salaire dérisoire, endurent des fatigues et affrontent des périls incessants, et qui pratiquent l'héroïsme quotidien. Ce sont d'anciens soldats, et qui restent soldats. Soldats, ce mot dit tout... ».

Et Me Lemerle s'éleva, sans effort, à des considérations très hautes sur les vertus militaires. Il était de ceux, dit-il, « qui ne permettent pas qu'on touche à l'armée, à cette armée nationale à laquelle il était fier d'appartenir. »

Le président inclina la tête.

Me Lemerle, en effet, était lieutenant dans la territoriale. Il était aussi candidat nationaliste dans le quartier des Vieilles-Haudriettes.

Il poursuivit :

– Non certes, je ne méconnais pas les services modestes et précieux que rendent journellement les gardiens de la paix à la vaillante population de Paris. Et je n'aurais pas consenti à vous présenter, messieurs, la défense de Crainquebille si j'avais vu en lui l'insulteur d'un ancien soldat. On accuse mon client d'avoir dit : « Mort aux vaches ! » Le sens de cette phrase n'est pas douteux. Si vous feuilletez le *Dictionnaire de la langue verte*, vous y lirez :

« *Vachard,* paresseux, fainéant ; qui s'étend paresseusement comme une vache, au lieu de travailler. – *Vache,* qui se vend à la police ; mouchard. » *Mort aux vaches !* se dit dans un certain monde. Mais toute la question est celle-ci : Comment Crainquebille l'a-t-il dit ? Et même, l'a-t-il dit ? Permettez-moi, messieurs, d'en douter.

Je ne soupçonne l'agent Matra d'aucune mauvaise pensée. Mais il accomplit, comme nous l'avons dit, une tâche pénible. Il est parfois fatigué, excédé, surmené. Dans ces conditions il peut avoir été la victime d'une sorte d'hallucination de l'ouïe. Et quand il vient vous dire, messieurs, que le docteur David Matthieu, officier de la Légion d'honneur, médecin en chef de l'hôpital Ambroise-Paré, un prince de la science et un homme du monde, a crié aussi :

« Mort aux vaches ! » nous sommes bien forcés de reconnaître que Matra est en proie à la maladie de l'obsession, et, si le terme n'est pas trop fort, au délire de la persécution.

Et alors même que Crainquebille aurait crié : « Mort aux vaches ! » il resterait à savoir si ce mot a, dans sa bouche, le caractère d'un délit. Crainquebille est l'enfant naturel d'une marchande ambulante, perdue d'inconduite et de boisson ; il est né alcoolique. Vous le voyez ici abruti par soixante ans de misère. Messieurs, vous direz qu'il est irresponsable. »

Me Lemerle s'assit et M. le président Bourriche lut entre ses dents un jugement qui condamnait Jérôme Crainquebille à quinze jours de prison et 50 francs d'amende. Le Tribunal avait fondé sa conviction sur le témoignage de l'agent Matra.

Mené par les longs couloirs sombres du Palais, Crainquebille ressentit un immense besoin de sympathie. Il se tourna vers le garde de Paris qui le conduisait et l'appela trois fois :

– Cipal !… Cipal !… Hein ? Cipal !…

Et il soupira :

– Il y a seulement quinze jours, si on m'avait dit qu'il m'arriverait ce qui m'arrive !…

Puis il fit cette réflexion : – Ils parlent trop vite, ces messieurs. Ils parlent bien, mais ils parlent trop vite. On peut pas s'expliquer avec eux… Cipal, vous trouvez pas qu'ils parlent trop vite ?

Mais le soldat marchait sans répondre ni tourner la tête.

Crainquebille lui demanda :

– Pourquoi que vous me répondez pas ?

Et le soldat garda le silence. Et Crainquebille lui dit avec amertume :

– On parle bien à un chien. Pourquoi que vous me parlez pas ? Vous ouvrez jamais la bouche : Vous avez donc pas peur qu'elle pue.

CHAPITRE IV
Apologie pour M. le président Bourriche

QUELQUES curieux et deux ou trois avocats quittèrent l'audience après la lecture de l'arrêt, quand déjà le greffier appelait une autre cause. Ceux qui sortaient ne faisaient point de réflexion sur l'affaire Crainquebille qui ne les avait guère intéressés, et à laquelle ils ne songeaient plus. Seul M. Jean Lermite, graveur à l'eau forte, qui était venu d'aventure au Palais, méditait sur ce qu'il venait de voir et d'entendre.

Passant son bras sur l'épaule de Me Joseph Aubarrée :

« Ce dont il faut louer le président Bourriche, lui dit-il, c'est d'avoir su se défendre des vaines curiosités de l'esprit et se garder de cet orgueil intellectuel qui veut tout connaître. En opposant l'une à l'autre les dépositions contradictoires de l'agent Matra et du docteur David Matthieu, le juge serait entré dans une voie où l'on ne rencontre que le doute et l'incertitude. La méthode qui consiste à examiner les faits selon les règles de la critique est inconciliable avec la bonne administration de la justice. Si le magistrat avait l'imprudence de suivre cette méthode, ses jugements dépendraient de sa sagacité personnelle, qui le plus souvent est petite, et de l'infirmité humaine, qui est constante. Quelle en serait l'autorité ? On ne peut nier que la méthode historique est tout à fait impropre à lui procurer les certitudes dont il a besoin. Il suffit de rappeler l'aventure de Walter Raleigh.

Un jour que Walter Raleigh, enfermé à la Tour de Londres, travaillait, selon sa coutume, à la seconde partie de son *Histoire du* Monde, une rixe éclata sous sa fenêtre. Il alla regarder ces gens qui se querellaient, et quand il se remit au travail, il pensait les avoir très bien observés. Mais le lendemain, ayant parlé de cette affaire à un de ses amis qui y avait été présent et qui même y avait pris part, il fut contredit par cet ami sur tous les points. Réfléchissant alors à la difficulté de connaître la vérité sur des évènements lointains, quand il avait pu se méprendre sur ce qui se passait sous ses yeux, il jeta au feu le manuscrit de son histoire.

Si les juges avaient les mêmes scrupules que sir Walter Raleigh, ils jetteraient au feu toutes leurs instructions. Et ils n'en ont pas le droit. Ce serait de leur part un déni de justice, un crime. Il faut renoncer à savoir, mais il ne faut pas renoncer à juger. Ceux qui veulent que les arrêts des tribunaux soient fondés sur la recherche méthodique des faits sont de dangereux sophistes et des ennemis perfides de la justice civile et de la justice militaire. Le président Bourriche a l'esprit trop juridique pour faire dépendre ses sentences de la raison et de la science dont les conclusions sont sujettes à d'éternelles disputes. Il les fonde sur des dogmes et les assied sur la tradition, en sorte que ses jugements égalent en autorité les commandements de l'Église. Ses sentences sont canoniques. J'entends qu'il les tire d'un certain nombre de sacrés canons. Voyez, par exemple, qu'il classe les témoignages non d'après les caractères incertains et trompeurs de la vraisemblance et de l'humaine vérité, mais d'après des caractères intrinsèques, permanents et manifestes. Il les pèse au poids des armes. Y a-t-il rien de plus simple et de plus sage à la fois ? Il tient pour irréfutable le témoignage d'un gardien de la paix, conçu métaphysiquement en tant qu'un numéro matricule et selon les catégories de la police idéale. Non pas que Matra (Bastien), né à Cinto-Monte (Corse), lui paraisse incapable d'erreur. Il n'a jamais pensé que Bastien Matra fût doué d'un grand esprit d'observation, ni qu'il appliquât à l'examen des faits une méthode exacte et rigoureuse. À vrai dire, il ne considère pas Bastien Matra, mais l'agent 64. – Un homme est faillible, pense-t-il. Pierre et Paul peuvent se tromper. Descartes et Gassendi, Leibniz et Newton, Bichat et Claude Bernard ont pu se tromper. Nous nous trompons tous et à tout moment. Nos raisons d'errer sont innombrables. Les perceptions des sens et les jugements de l'esprit sont des sources d'illusion et des causes d'incertitude. Il ne faut pas se fier au témoignage d'un homme : *Testis unus, testis nullus*. Mais on peut avoir foi dans un numéro. Bastien Matra, de Cinto-Monte, est faillible. Mais l'agent 64, abstraction faite de son humanité, ne se trompe pas. C'est une entité. Une entité n'a rien en elle de ce qui est dans les hommes et les trouble, les corrompt, les abuse. Elle est pure, inaltérable et sans mélange. Aussi le Tribunal n'a-t-il point hésité à repousser le témoignage du docteur David Matthieu, qui n'est qu'un homme, pour admettre celui de l'agent 64 qui est une idée pure, et comme un rayon de Dieu descendu à la barre.

En présidant de cette manière le président Bourriche s'assure une sorte d'infaillibilité, et la seule à laquelle un juge puisse prétendre. Quand l'homme qui témoigne est armé d'un sabre, c'est le sabre qu'il faut entendre et non l'homme. L'homme est méprisable et peut avoir tort. Le sabre ne l'est point et il a toujours raison. Le président Bourriche a profondément pénétré l'esprit des lois. La société repose sur la force, et la force doit être respectée comme le fondement auguste des sociétés. La justice est l'administration

13

de la force. Le président Bourriche sait que l'agent 64 est une parcelle du Prince. Le Prince réside dans chacun de ses officiers. Ruiner l'autorité de l'agent 64, c'est affaiblir l'État. Manger une des feuilles de l'artichaut, c'est manger l'artichaut, comme dit Bossuet en son sublime langage (Politique tirée de l'Écriture sainte, *passim*).

Toutes les Épées d'un État sont tournées dans le même sens. En les opposant les unes aux autres, on subvertit la république. C'est pourquoi l'inculpé Crainquebille fut condamné justement à quinze jours de prison et 50 francs d'amende, sur le témoignage de l'agent 64. Je crois entendre le président Bourriche expliquer lui-même les raisons hautes et belles qui inspirèrent sa sentence. Je crois l'entendre dire :

– J'ai jugé cet individu en conformité avec l'agent 64, parce que l'agent 64 est l'émanation de la force publique. Et pour reconnaître ma sagesse, il vous suffit d'imaginer que j'aie agi inversement. Vous verrez tout de suite que c'eût été absurde. Car si je jugeais contre la force, mes jugements ne seraient pas exécutés. Remarquez, messieurs, que les juges ne sont obéis que tant qu'ils ont la force avec eux. Sans les gendarmes, le juge ne serait qu'un pauvre rêveur. Je me nuirais si je donnais tort à un gendarme. D'ailleurs le génie des lois s'y oppose. Désarmer les forts et armer les faibles ce serait changer l'ordre social que j'ai mission de conserver. La justice est la sanction des injustices établies. La vit-on jamais opposée aux conquérants et contraire aux usurpateurs ? Quand s'élève un pouvoir illégitime, elle n'a qu'à le reconnaître pour le rendre légitime. Tout est dans la forme, et il n'y a entre le crime et l'innocence que l'épaisseur d'une feuille de papier timbré.
– C'était à vous, Crainquebille, d'être le plus fort. Si après avoir crié : « Mort aux vaches ! » vous vous étiez fait déclarer empereur, dictateur, président de la République ou seulement conseiller municipal, je vous assure que je ne vous aurais pas condamné à quinze jours de prison et 50 francs d'amende. Je vous aurai tenu quitte de toute peine. Vous pouvez m'en croire.

Ainsi sans doute eût parlé le président Bourriche, car il a l'esprit juridique et il sait ce qu'un magistrat doit à la société. Il en défend les principes avec ordre et régularité. La justice est sociale. Il n'y a que de mauvais esprits pour la vouloir humaine et sensible. On l'administre avec des règles fixes et non avec les frissons de la chair et les clartés de l'intelligence. Surtout ne lui demandez pas d'être juste, elle n'a pas besoin de l'être puisqu'elle est la justice, et je vous dirai même que l'idée d'une justice juste n'a pu germer que dans la tête d'un anarchiste. Le président Magnaud rend, il est vrai, des sentences équitables. Mais on les lui casse, et c'est justice.

Le vrai juge pèse les témoignages au poids des armes. Cela s'est vu dans l'affaire Crainquebille, et dans d'autres causes plus célèbres. »

Ainsi par la M. Jean Lermite, en parcourant d'un bout à l'autre bout la salle des Pas-Perdus.

Me Joseph Aubarrée, qui connaissait le Palais, lui répondit en se grattant le bout du nez :

— Si vous voulez avoir mon avis, je ne crois pas que M. le président Bourriche se soit élevé jusqu'à une si haute métaphysique. À mon sens, en admettant le témoignage de l'agent 64 comme l'expression de la vérité, il fit simplement ce qu'il avait toujours vu faire. C'est dans l'imitation qu'il faut chercher la raison de la plupart des actions humaines. En se conformant à la coutume on passera toujours pour un honnête homme. On appelle gens de bien ceux qui font comme les autres.

CHAPITRE V
De la Soumission de Crainquebille
aux Lois de la République

CRAINQUEBILLE, reconduit en prison, s'assit sur son escabeau enchaîné, plein d'étonnement et d'admiration. Il ne savait pas bien lui-même que les juges s'étaient trompés. Le Tribunal lui avait caché ses faiblesses intimes sous la majesté des formes. Il ne pouvait croire qu'il eût raison contre des magistrats dont il n'avait pas compris les raisons ; il lui était impossible de concevoir que quelque chose clochât dans une si belle cérémonie. Car, n'allant ni à la messe ni à l'Élysée, il n'avait, de sa vie, rien vu de si beau qu'un jugement en police correctionnelle. Il savait bien qu'il n'avait pas crié « Mort aux vaches ! ». Et, qu'il eût été condamné à quinze jours de prison pour l'avoir crié, c'était, en sa pensée, un auguste mystère, un de ces articles de foi auxquels les croyants adhèrent sans les comprendre, une révélation obscure, éclatante, adorable et terrible.

Ce pauvre vieil homme se reconnaissait coupable d'avoir mystiquement offensé l'agent 64, comme le petit garçon qui va au catéchisme se reconnaît coupable du péché d'Ève. Il lui était enseigné, par son arrêt, qu'il avait crié : « Mort aux vaches ! ». C'était donc qu'il avait crié : « Mort aux vaches ! » d'une façon mystérieuse, inconnue de lui-même. Il était transporté dans un monde surnaturel. Son jugement était son apocalypse.

S'il ne se faisait pas une idée nette du délit, il ne se faisait pas une idée plus nette de la peine. Sa condamnation lui avait paru une chose solennelle, rituelle et supérieure, une chose éblouissante, qui ne se comprend pas, qui ne se discute pas, et dont on n'a ni à se louer, ni à se plaindre. À cette heure il aurait vu le président Bourriche, une auréole au front, descendre, avec des ailes blanches, par le plafond entrouvert qu'il n'aurait pas été surpris de cette nouvelle manifestation de la gloire judiciaire. Il se serait dit : Voilà mon affaire qui continue !

Le lendemain son avocat vint le voir :
– Eh bien ! mon bonhomme, vous n'êtes pas trop mal ? Du courage ! une semaine est vite passée. Nous n'avons pas trop à nous plaindre.

– Pour ça, on peut dire que ces messieurs ont été bien doux, bien polis ; pas un gros mot. J'aurais pas cru. Et le cipal avait mis des gants blancs. Vous avez pas vu ?

– Tout pesé, nous avons bien fait d'avouer.

– Possible.

– Crainquebille, j'ai une bonne nouvelle à vous annoncer. Une personne charitable, que j'ai intéressée à votre position, m'a remis pour vous une somme de 50 francs qui sera affectée au payement de l'amende à laquelle vous avez été condamné.

– Alors quand que vous me donnerez les 50 francs ?

– Ils seront versés au greffe. Ne vous en inquiétez pas.

– C'est égal. Je remercie tout de même la personne.

Et Crainquebille méditatif murmura :

– C'est pas ordinaire ce qui m'arrive.

– N'exagérez rien, Crainquebille. Votre cas n'est pas rare, loin de là.

– Vous pourriez pas me dire où qu'ils m'ont étouffé ma voiture ?

CHAPITRE VI
Crainquebille devant l'Opinion

C

CRAINQUEBILLE, sorti de prison, poussait sa voiture rue Montmartre, en criant : *Des choux, des navets, des carottes !* Il n'avait ni orgueil ni honte de son aventure. Il n'en gardait pas un souvenir pénible. Cela tenait dans son esprit, du théâtre, du voyage et du rêve. Il était surtout content de marcher dans la boue, sur le pavé de la ville, et de voir sur sa tête le ciel tout en eau et sale comme le ruisseau, le bon ciel de sa ville. Il s'arrêtait à tous les coins de rue pour boire un verre ; puis, libre et joyeux, ayant craché dans ses mains pour en lubrifier la paume calleuse, il empoignait les brancards et poussait la charrette, tandis que, devant lui, les moineaux, comme lui matineux et pauvres, qui cherchaient leur vie sur la chaussée, s'envolaient en gerbe avec son cri familier : *Des choux, des navets, des carottes ! Une* vieille ménagère, qui s'était approchée, lui disait, en tâtant des céleris :

– Qu'est-ce qui vous est donc arrivé, père Crainquebille ? Il y a bien trois semaines qu'on ne vous a pas vu. Vous avez été malade ? Vous êtes un peu pâle. – Je vas vous dire, m'ame Mailloche, j'ai fait le rentier.

Rien n'est changé dans sa vie, à cela près qu'il va chez le troquet plus souvent que d'habitude, parce qu'il a l'idée que c'est fête, et qu'il a fait connaissance avec des personnes charitables. Il rentre, un peu gai, dans sa soupente. Étendu dans le plumard, il ramène sur lui les sacs que lui a prêtés le marchand de marrons du coin et qui lui servent de couverture, et il songe : « La prison, il n'y a pas à se plaindre ; on y a tout ce qui vous faut. Mais on est tout de même mieux chez soi. »

Son contentement fut de courte durée. Il s'aperçut vite que les clientes lui faisaient grise mine.

– Des beaux céleris, m'ame Cointreau ! – Il ne me faut rien.

– Comment, qu'il ne vous faut rien ? Vous vivez pourtant pas de l'air du temps.

Et m'ame Cointreau, sans lui faire de réponse, rentrait fièrement dans la grande boulangerie dont elle était la patronne.

Les boutiquières et les concierges, naguère assidues autour de sa voiture verdoyante et fleurie, maintenant se détournaient de lui. Parvenu à la cordonnerie de l'Ange gardien, qui est le point où commencèrent ses aventures judiciaires, il appela :

– M'ame Bayard, m'ame Bayard, vous me devez quinze sous de l'autre fois.

Mais m'ame Bayard, qui siégeait à son comptoir, ne daigna pas tourner la tête.

Toute la rue Montmartre savait que le père Crainquebille sortait de prison, et toute la rue Montmartre ne le connaissait plus. Le bruit de sa condamnation était parvenu jusqu'au faubourg et à l'angle tumultueux de la rue Richer. Là, vers midi, il aperçut Mme Laure, sa bonne et fidèle cliente, penchée sur la voiture du petit Martin. Elle tâtait un gros chou. Ses cheveux brillaient au soleil comme d'abondants fils d'or largement tordus.

Et le petit Martin, un pas grand-chose, un sale coco, lui jurait, la main sur son cœur, qu'il n'y avait pas plus belle marchandise que la sienne. À ce spectacle le cœur de Crainquebille se déchira. Il poussa sa voiture sur celle du petit Martin et dit à Mme Laure, d'une voix plaintive et brisée :

– C'est pas bien de me faire des infidélités.

Mme Laure, comme elle le reconnaissait elle-même, n'était pas une duchesse. Ce n'est pas dans le monde qu'elle s'était fait une idée du panier à salade et du Dépôt. Mais on peut être honnête dans tous les états, pas vrai ? Chacun a son amour-propre, et l'on n'aime pas avoir affaire à un individu qui sort de prison. Aussi ne répondit-elle à Crainquebille qu'en simulant un haut-le-cœur.

Et le vieux marchand ambulant, ressentant l'affront, hurla :

– Dessalée ! va !

Mme Laure en laissa tomber son chou vert et s'écria :

– Eh ! va donc, vieux cheval de retour ! Ça sort de prison, et ça insulte les personnes !

Crainquebille, s'il avait été de sang-froid, n'aurait jamais reproché à Mme Laure sa condition. Il savait trop qu'on ne fait pas ce qu'on veut dans la vie, qu'on ne choisit pas son métier, et qu'il y a du bon monde partout. Il avait coutume d'ignorer sagement ce que faisaient chez elles les clientes, et il ne méprisait personne. Mais il était hors de lui. Il donna par trois fois à Mme Laure les noms de dessalée, de charogne et de roulure. Un cercle de curieux se forma autour de Mme Laure et de Crainquebille, qui échangèrent encore plusieurs injures aussi solennelles que les premières, et qui eussent égrené tout du long leur chapelet, si un agent soudainement apparu ne les avait, par son silence et son immobilité, rendus tout à coup aussi muets et immobiles que lui. Ils se séparèrent. Mais cette scène acheva de perdre Crainquebille dans l'esprit du faubourg Montmartre et de la rue Richer.

CHAPITRE VII
Les Conséquences

ET le vieil homme allait marmonnant : – Pour sûr que c'est une morue. Et même y pas plus morue que cette femme-là.

Mais dans le fond de son cœur, ce n'est pas de cela qu'il lui faisait un reproche. Il ne la méprisait pas d'être ce qu'elle était. Il l'en estimait plutôt, la sachant économe et rangée. Autrefois ils causaient tous deux volontiers ensemble. Elle lui parlait de ses parents qui habitaient la campagne. Et ils formaient tous deux le même vœu de cultiver un petit jardin et d'élever des poules.

C'était une bonne cliente. De la voir acheter des choux au petit Martin, un sale coco, un pas grand-chose, il en avait reçu un coup dans l'estomac ; et quand il l'avait vue faisant mine de le mépriser, la moutarde lui avait monté au nez, et dame !

Le pis, c'est qu'elle n'était pas la seule qui le traitât comme un galeux. Personne ne voulait plus le connaître. De même que Mme Laure, Mme Cointreau la boulangère, Mme Bayard de l'« Ange gardien » le méprisaient et le repoussaient. Toute la société, quoi.

Alors ! parce qu'on avait été mis pour quinze jours à l'ombre, on n'était plus bon seulement à vendre des poireaux ! Est-ce que c'était juste ? Est-ce qu'il y avait du bon sens à faire mourir de faim un brave homme parce qu'il avait eu des difficultés avec les flics ? S'il ne pouvait plus vendre ses légumes, il n'avait plus qu'à crever.

Comme le vin maltraité, il tournait à l'aigre. Après avoir eu « des mots » avec Mme Laure, il en avait maintenant avec tout le monde. Pour un rien, il disait leur fait aux chalandes, et sans mettre de gants, je vous prie de le croire. Si elles tâtaient un peu longtemps la marchandise, il les appelait proprement râleuses et purées ; pareillement chez le troquet, il engueulait les camarades. Son ami, le marchand de marrons, qui ne le reconnaissait plus, déclarait que ce sacré père Crainquebille était un vrai porc-épic. On ne peut le nier : il devenait incongru, mauvais coucheur, mal embouché, fort en gueule. C'est que, trouvant la société imparfaite, il avait moins de facilité qu'un professeur de l'École des sciences morales et politiques à exprimer ses idées sur les vices du système et sur les réformes nécessaires, et que ses pensées ne se déroulaient pas dans sa tête avec ordre et mesure.

Le malheur le rendait injuste. Il se revanchait sur ceux qui ne lui voulaient pas de mal et quelquefois sur de plus faibles que lui. C'est ainsi qu'il donna une gifle à Alphonse, le petit du marchand de vin, qui lui avait demandé si l'on était bien à l'ombre. Il le gifla et lui dit :

– Sale gosse ! c'est ton père qui devrait être à l'ombre au lieu de s'enrichir à vendre du poison.

Acte et parole qui ne lui faisaient pas honneur ; car, ainsi que le marchand de marrons le lui remontra justement, on ne doit pas battre un enfant, ni lui reprocher son père, qu'il n'a pas choisi.

Il s'était mis à boire. Moins il gagnait d'argent, plus il buvait d'eau-de-vie. Autrefois économe et sobre, il s'émerveillait lui-même de ce changement.

– J'ai jamais été fricoteur, disait-il. Faut croire qu'on devient moins raisonnable en vieillissant.

Parfois il jugeait sévèrement son inconduite et sa paresse :

– Mon vieux Crainquebille, t'es plus bon que pour lever le coude.

Parfois il se trompait lui-même et se persuadait qu'il buvait par besoin :

– Faut comme ça, de temps en temps, que je boive un verre pour me donner des forces et pour me rafraîchir. Sûr que j'ai quelque chose de brûlé dans l'intérieur. Et il y a encore que la boisson comme rafraîchissement.

Souvent il lui arrivait de manquer la criée matinale et il ne se fournissait plus que de marchandise avariée qu'on lui livrait à crédit. Un jour se sentant les jambes molles et le cœur las, il laissa sa voiture dans la remise et passa toute la sainte journée à tourner autour de l'étal de Mme Rose, la tripière, et devant tous les troquets des Halles. Le soir, assis sur un panier, il songea, et il eut conscience de sa déchéance. Il se rappela sa force première et ses antiques travaux, ses longues fatigues et ses gains heureux, ses jours innombrables, égaux et pleins ; les cent pas, la nuit, sur le carreau des Halles, en attendant la criée ; les légumes enlevés par brassées et rangés avec art dans la voiture, le petit noir de la mère Théodore avalé tout chaud d'un coup, au pied levé, les brancards empoignés solidement ; son cri, vigoureux comme le chant du coq, déchirant l'air matinal, sa course par les rues populeuses, toute sa vie innocente et rude de cheval humain, qui, durant un demi-siècle, porta, sur son étal roulant, aux citadins brûlés de veilles et de soucis la fraîche moisson des jardins potagers. Et, secouant la tête, il soupira :

– Non ! j'ai plus le courage que j'avais. Je suis fini. Tant va la cruche à l'eau qu'à la fin elle se casse. Et puis, depuis mon affaire en justice, je n'ai plus le même caractère. Je suis plus le même homme, quoi !

Enfin il était démoralisé. Un homme dans cet état-là, autant dire que c'est un homme par terre et incapable de se relever. Tous les gens qui passent lui pilent dessus.

CHAPITRE VIII
Les Dernières Conséquences

LA misère vint, la misère noire. Le vieux marchand ambulant, qui rapportait autrefois du faubourg Montmartre les pièces de cent sous à plein sac, maintenant n'avait plus un rond. C'était l'hiver. Expulsé de sa soupente, il coucha sous des charrettes, dans une remise. Les pluies ayant tombé pendant vingt-quatre jours, les égouts débordèrent et la remise fut inondée.

Accroupi dans sa voiture, au-dessus des eaux empoisonnées, en compagnie des araignées, des rats, et des chats faméliques, il songeait dans l'ombre. N'ayant rien mangé de la journée et n'ayant plus pour se couvrir les sacs du marchand de marrons, il se rappela la semaine durant laquelle le gouvernement lui avait donné le vivre et le couvert, dans une chambre bien propre. Il envia le sort des prisonniers, qui ne souffrent ni du froid ni de la faim, et il lui vint une idée :

– Puisque je connais le truc, pourquoi que je m'en servirais pas ?

Il se leva et sortit dans la rue. Il n'était guère plus de onze heures. Il faisait un temps aigre et noir. Une bruine tombait, plus froide et plus pénétrante que la pluie. De rares passants se coulaient au ras des murs.

Crainquebille longea l'église Saint-Eustache et tourna dans la rue Montmartre. Elle était déserte. Un gardien de la paix se tenait planté sur le trottoir, au chevet de l'église, sous un bec de gaz, et l'on voyait, autour de la flamme, tomber une petite pluie rousse. L'agent la recevait sur son capuchon. Il avait l'air transi, mais soit qu'il préférât la lumière à l'ombre, soit qu'il fût las de marcher, il restait sous son candélabre, et peut-être s'en faisait-il un compagnon, un ami. Cette flamme tremblante était son seul entretien dans la nuit solitaire. Son immobilité ne paraissait pas tout à fait humaine ; le reflet de ses bottes sur le trottoir mouillé, qui semblait un lac, le prolongeait inférieurement et lui donnait de loin l'aspect d'un monstre amphibie, à demi sorti des eaux. De plus près, encapuchonné et armé, il avait l'air monacal et militaire. Les gros traits de son visage, encore grossis par l'ombre du capuchon, étaient paisibles et tristes. Il avait une moustache épaisse, courte et grise. C'était un vieux sergot, un homme d'une quarantaine d'années.

Crainquebille s'approcha doucement de lui et, d'une voix hésitante et faible, lui dit :

– Mort aux vaches !

Puis il attendit l'effet de cette parole consacrée. Mais elle ne fut suivie d'aucun effet. Le sergot resta immobile et muet, les bras croisés sous son manteau court. Ses yeux, grands ouverts et qui luisaient dans l'ombre, regardaient Crainquebille avec tristesse, vigilance et mépris.

Crainquebille étonné, mais gardant encore un reste de résolution, *balbutia :*

– Mort aux vaches ! que je vous ai dit.

Il y eut un long silence durant lequel tombait la pluie fine et rousse et régnait l'ombre glaciale. Enfin le sergot parla :

– Ce n'est pas à dire… Pour sûr et certain que ce n'est pas à dire. À votre âge on devrait avoir plus de connaissance… Passez votre chemin.

– Pourquoi que vous m'arrêtez pas ? demanda Crainquebille.

Le sergot secoua la tête sous son capuchon humide :

– S'il fallait empoigner tous les poivrots qui disent ce qui n'est pas à dire, y en aurait de l'ouvrage !… Et de quoi que ça servirait ?

Crainquebille, accablé par ce dédain magnanime, demeura longtemps stupide et muet, les pieds dans le ruisseau. Avant de partir, il essaya de s'expliquer :

– C'était pas pour vous que j'ai dit : « Mort aux vaches ! » C'était pas plus pour l'un que pour l'autre que je l'ai dit. C'était pour une idée.

Le sergot répondit avec une austère douceur :

– Que ce soye pour une idée ou pour autre chose, ce n'était pas à dire, parce que, quand un homme fait son devoir et qu'il endure bien des souffrances, on ne doit pas l'insulter par des paroles futiles… Je vous réitère de passer votre chemin.

Crainquebille, la tête basse et les bras ballants, s'enfonça sous la pluie dans l'ombre.